U0029601

公主出任務10
THE Princess IN BLACK 粉紅王子

文／珊寧・海爾 & 迪恩・海爾
Shannon Hale & Dean Hale

圖／范雷韻 LeUyen Pham

譯／黃聿君

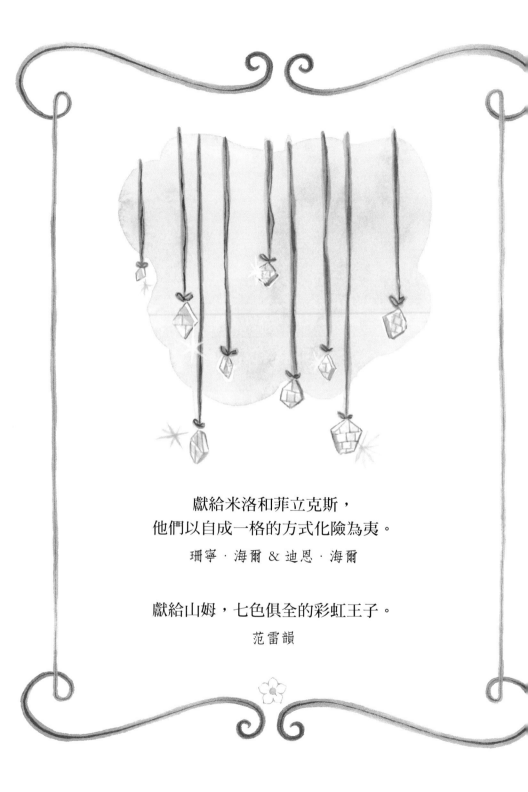

獻給米洛和菲立克斯，
他們以自成一格的方式化險為夷。

珊寧·海爾 & 迪恩·海爾

獻給山姆，七色俱全的彩虹王子。

范雷韻

人物介紹

木_{ㄇㄨˋ}蘭_{ㄌㄢˊ}花_{ㄏㄨㄚ}公_{ㄍㄨㄥ}主_{ㄓㄨˇ}

黑_{ㄏㄟ}衣_ㄧ公_{ㄍㄨㄥ}主_{ㄓㄨˇ}

繡_{ㄒㄧㄡˋ}草_{ㄘㄠˇ}王_{ㄨㄤˊ}子_{ㄗˇ}

粉_{ㄈㄣˇ}紅_{ㄏㄨㄥˊ}王_{ㄨㄤˊ}子_{ㄗˇ}

騎_{ㄑㄧˊ}士_{ㄕˋ}

花_{ㄏㄨㄚ}兒_{ㄦˊ}公_{ㄍㄨㄥ}主_{ㄓㄨˇ}

金_{ㄐㄧㄣ}魚_{ㄩˊ}草_{ㄘㄠˇ}公_{ㄍㄨㄥ}主_{ㄓㄨˇ}

鴯_{ㄦˊ}鶓_{ㄇㄧㄠˊ}

第 一 章
花卉節慶典

　　時間還沒到中午，木蘭花公主和酷麻花就準備好了，迫不及待前往金魚草公主的城堡。雖然城堡就在附近，但木蘭花公主可不想遲到，錯過花卉節的慶祝活動。花卉節是本季最盛大的慶典！

慶祝活動很精采，白天有園遊會，晚上則是舞會。金魚草公主事前已經跟木蘭花公主說好，請她負責打點舞會。這可是重責大任。

木蘭花公主抵達會場時，花卉節園遊會正熱鬧滾滾，現場已經擠滿人了！看來大家都迫不及待，深怕錯過這一場盛會。

蝴蝶蘭公主站在旋轉花杯旁邊，朝木蘭花公主揮揮手。蘋果花公主和金銀花公主負責小嗡嗡碰碰車，風信子公主和藍鈴花公主駕駛向陽飛車，花兒公主則是管理蓮花池漂漂船。

向陽
飛車

小嗡嗡
碰碰車

「哈囉，木蘭花公主！」金魚草公主說。她看著酷麻花拉來滿滿一車的東西，滿到都快溢出來了。「要不要我幫忙卸貨？」

「要zz，謝xx謝tt你nz。」木mz蘭zz花ʍz公ᗺz主zz
說ᵕz：「我ʍz帶ᵇz了ᵇz好ʰz多ᵇz好ʰz多ᵇz東ᵇz西ᵀz來ᵇz
布ᵇz置zz舞ʍz會ʰz場ᵝz地ᵇz。」

「噢，我好希望舞會辦得成功。」金魚草公主說：「我覺得舞會是花卉節最重要的項目，還有茴香蛋糕啦。」

茴香蛋糕

噴嚏草公主快被茴香蛋糕淹沒了。她揮了揮手。

木ㄇㄨˋ蘭ㄌㄢˊ花ㄏㄨㄚ公ㄍㄨㄥ主ㄓㄨˇ一ㄧˋ心ㄒㄧㄣ想ㄒㄧㄤˇ把ㄅㄚˇ舞ㄨˇ會ㄏㄨㄟˋ辦ㄅㄢˋ得ㄉㄜˊ有ㄧㄡˇ聲ㄕㄥ有ㄧㄡˇ色ㄙㄜˋ。她ㄊㄚ有ㄧㄡˇ備ㄅㄟˋ而ㄦˊ來ㄌㄞˊ，做ㄗㄨㄛˋ足ㄗㄨˊ了ㄌㄜ準ㄓㄨㄣˇ備ㄅㄟˋ。

金ㄐㄧㄣ魚ㄩˊ草ㄘㄠˇ公ㄍㄨㄥ主ㄓㄨˇ從ㄘㄨㄥˊ車ㄔㄜ上ㄕㄤˋ抬ㄊㄞˊ起ㄑㄧˇ一ㄧˊ個ㄍㄜˋ紙ㄓˇ箱ㄒㄧㄤ。「哇ㄨㄚ！裡ㄌㄧˇ面ㄇㄧㄢˋ都ㄉㄡ裝ㄓㄨㄤ了ㄌㄜ什ㄕㄜˊ麼ㄇㄜ啊ㄚ？」

「布置會場的道具！」木蘭花公主說：「這一箱用來妝點食物，這一箱用來裝飾大門，這一箱用來布置牆面。還有這一箱……很特別，是舞會專用的祕密武器。」

「特別的祕密武器？」金魚草公主一面說，一面靠了過去。「跟我說是什麼吧。」

木蘭花公主正要開口的時候，突然傳來一陣尖叫聲。

第 二 章
有麻煩了

　　尖叫聲？有人陷入麻煩了嗎？金魚草公主說：「糟糕，該不會是怪獸來鬧場？」

這可不妙。木蘭花公主準備好布置舞會場地，但可沒準備好打怪。如果要跟怪獸對戰，她得先離開，變裝成黑衣公主，但大箱小箱的道具用品就沒人看管了。木蘭花公主煩惱了起來。

14

接著，木蘭花公主看見造成騷動的禍首。那不是怪獸，而是一隻鳥，一隻不會飛的大鳥。

「鴯鶓！」一個嬌小的小女孩大聲尖叫。

那隻鴯鶓踩著重重的步伐，肆無忌憚的穿越人群，小朋友紛紛閃避。一個垃圾桶擋住鴯鶓的路。鴯鶓會繞過垃圾桶嗎？不，並沒有。牠狠狠踹倒垃圾桶。

大家發出驚叫聲。這隻鳥不只體型巨大，脾氣還超壞的，從來沒有人看過脾氣這麼壞的鳥。

鴯鶓左看看、右看看，像是在打量有誰敢站出來阻止牠。

「住手！」木蘭花公主說。除了大喊，木蘭花公主想不出其他方法制止。如果對手是怪獸，她還可以開戰打怪，可是對手是鴯鶓，該怎麼辦呢？

鴯鶓大步走向木蘭花公主。牠的腿又粗又壯，像是兩根樹幹。鴯鶓不懷好意的盯著木蘭花公主，接著一腳踢飛一個紙箱。

大家再度驚叫。

「這樣不行喔，不可以亂踢別人的東西。」木蘭花公主說。

鴯鶓左顧右盼，接著抬起粗重的左腿，用力一踩，正好踩中那個裝著祕密武器的紙箱。伴隨著玻璃碎裂的聲音，紙箱被踩扁了。

　　裝飾舞會用的特別祕密武器碎成了一片片，木蘭花公主看著碎片，心想：這下子，舞會哪有可能還辦得成功？

第 三 章
擊退鵂鶹

「怪ㄍㄨㄞˋ獸ㄕㄡˋ，快ㄎㄨㄞˋ退ㄊㄨㄟˋ開ㄎㄞ！」

是ㄕˋ誰ㄕㄟˊ在ㄗㄞˋ說ㄕㄨㄛ話ㄏㄨㄚˋ？不ㄅㄨˋ是ㄕˋ黑ㄏㄟ衣ㄧ公ㄍㄨㄥ主ㄓㄨˇ。木ㄇㄨˋ蘭ㄌㄢˊ花ㄏㄨㄚ公ㄍㄨㄥ主ㄓㄨˇ被ㄅㄟˋ鵂ㄦˊ鶹弄ㄋㄨㄥˋ得ㄉㄜˊ一ㄧ個ㄍㄜˋ頭ㄊㄡˊ兩ㄌㄧㄤˇ個ㄍㄜˋ大ㄉㄚˋ，沒ㄇㄟˊ有ㄧㄡˇ餘ㄩˊ力ㄌㄧˋ變ㄅㄧㄢˋ裝ㄓㄨㄤ成ㄔㄥˊ黑ㄏㄟ衣ㄧ公ㄍㄨㄥ主ㄓㄨˇ。

說ㄕㄨㄛ話ㄏㄨㄚˋ的ㄉㄜ是ㄕˋ一ㄧ位ㄨㄟˋ騎ㄑㄧˊ士ㄕˋ。一ㄧ位ㄨㄟˋ穿ㄔㄨㄢ戴ㄉㄞˋ閃ㄕㄢˇ亮ㄌㄧㄤˋ盔ㄎㄨㄟ甲ㄐㄧㄚˇ的ㄉㄜ騎ㄑㄧˊ士ㄕˋ。

鴯鶓一一腳踢向騎士。騎士身上的盔甲被踢出凹痕，但是人依然站得好好的。

「園ㄩㄢˊ遊ㄧㄡˊ會ㄏㄨㄟˋ容ㄖㄨㄥˊ不ㄅㄨˋ下ㄒㄧㄚˋ亂ㄌㄨㄢˋ踹ㄔㄨㄞˋ亂ㄌㄨㄢˋ踢ㄊㄧ的ㄉㄜ
鷸ㄦˊ鵠ㄇㄠˊ。」騎ㄑㄧˊ士ㄕˋ說ㄕㄨㄛ。他ㄊㄚ把ㄅㄚˇ長ㄔㄤˊ矛ㄇㄠˊ打ㄉㄚˇ
橫ㄏㄥˊ，雙ㄕㄨㄤ手ㄕㄡˇ緊ㄐㄧㄣˇ握ㄨㄛˋ，像ㄒㄧㄤˋ鏟ㄔㄢˇ雪ㄒㄩㄝˇ車ㄔㄜ似ㄙˋ的ㄉㄜ
往ㄨㄤˇ前ㄑㄧㄢˊ推ㄊㄨㄟ近ㄐㄧㄣˋ。

25

鴯鶓倒退著走。牠一路倒退，經過向陽飛車下方，經過套圈圈遊戲攤，最後離開園遊會會場，退到了宮殿大門外面。金魚草公主趕緊關上大門。

大家齊聲歡呼！

可是木蘭花公主沒心情跟著歡呼，只是盯著被踩扁的紙箱。她以為自己做好了萬全準備，卻沒準備對付壞脾氣的鴯鶓。

騎士對木蘭花公主行禮致意。「我是纈草王子。你一臉哀傷，有什麼我可以幫忙的嗎？」

「我想沒有。你幫忙擊退了鶥鵲，但我不需要騎士的幫助。我真正需要的，是一位能修好道具、拯救舞會的英雄。」木蘭花公主說。

「好ㄏㄠˇ耶ㄧㄝ！」纈ㄒㄧㄝˊ草ㄘㄠˇ王ㄨㄤˊ子ˇ說ㄕㄨㄛ。

「你ㄋㄧˇ說ㄕㄨㄛ什ㄕㄣˊ麼ㄇㄜ˙？」木ㄇㄨˋ蘭ㄌㄢˊ花ㄏㄨㄚ公ㄍㄨㄥ主ㄓㄨˇ問ㄨㄣˊ。

「呃⋯⋯我是說⋯⋯好可惜耶！」繽草王子說：「好可惜耶，我只是騎士！不是拯救舞會的英雄。所以，我該走了。我得去⋯⋯去採買食物和日用品⋯⋯給我的魚。我的魚需要食物和日用品⋯⋯」

纈草王子一溜煙的跑掉了。

「好可惜耶。」木蘭花公主說：「好可惜、好可惜。」覺得悲傷絕望的時候，這個詞順口又好用。

木蘭花公主想找人幫忙，可是她的朋友都在自己負責的攤位上忙。金魚草公主則是忙著收拾鴯鶓留下的爛攤子。鴯鶓踢壞了很多東西。

　　木蘭花公主和酷麻花把破破爛爛的紙箱拖進城堡裡。布置舞會會場原本就是重責大任。現在，這個重擔變得更加沉重，重到連公主和獨角獸也扛不起來。

第四章
粉紅王子

　　纈草王子低著頭，彎著腰，鑽進空蕩蕩的「肥料好好玩」帳篷。他從小就苦苦期盼，希望有機會展現自己的特殊才藝。等了這麼久，這一天終於到來！

繽草王子把精心設計過的裝備，一樣一樣穿戴上。

亮晶晶的長筒靴，鞋底材質超適合跳舞。

手套加上流蘇邊，一舉一動都華麗燦爛。

36

閃ㄕㄢ亮ㄌㄧㄤ亮ㄌㄧㄤ的ㄉㄜ
面ㄇㄧㄢ罩ㄓㄠ，增ㄗㄥ添ㄊㄧㄢ
神ㄕㄣ祕ㄇㄧ感ㄍㄢ。

戴ㄉㄞ上ㄕㄤ王ㄨㄤ冠ㄍㄨㄢ
造ㄗㄠ型ㄒㄧㄥ髮ㄈㄚ箍ㄍㄨ，
自ㄗˋ信ㄒㄧㄣ滿ㄇㄢ滿ㄇㄢ。

他ㄊㄚ不ㄅㄨ再ㄗㄞ是ㄕˋ繡ㄒㄧㄡ草ㄘㄠ王ㄨㄤ子ㄗ囉ㄌㄨㄛ。

他溜出帳篷，穿過園遊會會場，走進城堡。金粉圍著他飄動，他在金粉的圍繞下，踏入空蕩蕩的舞廳。

「綻ㄓㄥˋ放ㄈㄤˋ吧ㄅㄚ！」他ㄊㄚ大ㄉㄚˋ聲ㄕㄥ說ㄕㄨㄛ。

木蘭花公主獨自坐在舞廳地板上，翻弄被踩得破破爛爛的紙箱。有人出現，她似乎很驚訝。又或許是……很開心？

　　「你是？」木蘭花公主驚訝的（也可能是開心的）問。

　　「**我是粉紅王子**！」粉紅王子說：「我是慶典之王！舞會冠軍！熱舞男神！哪裡的慶祝派對出問題，我就往哪裡救援。」他揮揮手，手套上的流蘇跟著舞動。

「好可惜耶，我想沒人幫得了我。」木蘭花公主說。她讓粉紅王子看看那個布置舞會專用的特別祕密武器。祕密武器，像是一堆裝在紙箱裡的厚玻璃碎片。「這是反光玻璃球。我原本打算掛在舞廳裡。這個球有很多切面，每個切面都能反射光線，掛在舞廳，一整個閃耀亮眼。

那種閃耀光芒，會讓人忍不住想跳舞。可是現在反光玻璃球碎了，也不可能修得好。」

嘿！怪獸和壞脾氣鵪鶉算什麼？這才是粉紅王子喜歡的挑戰。

粉紅王子從腰際抽出緞帶，從皮套裡抽出剪刀。他剪下一截緞帶，固定在一塊碎玻璃上，最後舉起他閃亮亮的成品說：「綻放吧！」

「哇ㄨ！好ㄏㄠ棒ㄅㄤ的ㄉㄜ方ㄈㄤ法ㄈㄚ！」木ㄇㄨ蘭ㄌㄢ花ㄏㄨㄚ公ㄍㄨㄥ主ㄓㄨ說ㄕㄨㄛ。這ㄓㄜ一一ㄧ次ㄘ絕ㄐㄩㄝ對ㄉㄨㄟ是ㄕ開ㄎㄞ心ㄒㄧㄣ的ㄉㄜ說ㄕㄨㄛ。

於ㄩ是ㄕ，木ㄇㄨ蘭ㄌㄢ花ㄏㄨㄚ公ㄍㄨㄥ主ㄓㄨ和ㄏㄜ粉ㄈㄣ紅ㄏㄨㄥ王ㄨㄤ子ㄗ一一ㄧ起ㄑㄧ出ㄔㄨ招ㄓㄠ，大ㄉㄚ肆ㄙ布ㄅㄨ置ㄓ舞ㄨ會ㄏㄨㄟ場ㄔㄤ地ㄉㄧ。

45

跳躍吧！
繫上花束

堆疊吧！
杯子蛋糕塔

我綁（ㄨㄛˇ ㄅㄤˇ）
我掛（ㄨㄛˇ ㄍㄨㄚˋ）

魅（ㄇㄟˋ）力（ㄌㄧˋ）四（ㄙˋ）射（ㄕㄜˋ）！

第 五 章
不飛鳥聯盟

　　鴯鶓氣呼呼的離開花卉節園遊會，雙腿用力踢著塵土。她粗壯的雙腿，就是為了踢踹和跳舞而生。這兩項，她都很擅長，超級擅長。

真是太過分了！鴯鶓想參加舞會，渴望盡情跳舞。可是沒有人想到鴯鶓，沒有人邀過她參加舞會。

不管有沒有人邀請，鴯鶓都打定主意，就是要去，還會找她的雙胞胎好友鴕鳥姊妹花一起去。她們三個是好朋友，號稱「不飛鳥聯盟」。大家都知道，千萬別招惹不飛鳥聯盟。

呃，是鳥類都知道啦。

不過（ㄅㄨˋㄍㄨㄛˋ），那（ㄋㄚˋ）些（ㄒㄧㄝ）沒（ㄇㄟˊ）羽（ㄩˇ）毛（ㄇㄠˊ）的（ㄉㄜ˙）傢（ㄐㄧㄚ）伙（ㄏㄨㄛˇ），很（ㄏㄣˇ）快（ㄎㄨㄞˋ）也（ㄧㄝˇ）會（ㄏㄨㄟˋ）懂（ㄉㄨㄥˇ）。

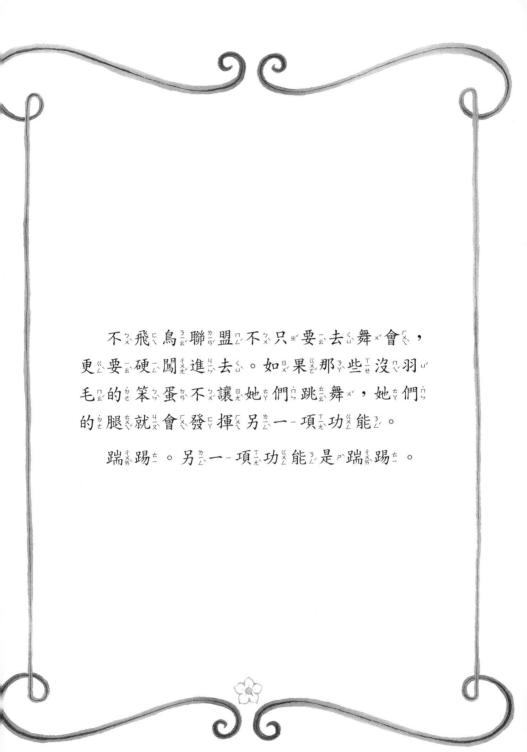

　　不飛鳥聯盟不只要去舞會，更要硬闖進去。如果那些沒羽毛的笨蛋不讓她們跳舞，她們的腿就會發揮另一項功能。

　　踹踢。另一項功能是踹踢。

第 六 章
舞會開始

　　花卉節舞會正熱鬧滾滾。樂團演奏著舞曲。反光玻璃球的碎片，每一片閃耀著光芒。大家都在跳舞。

　　「你把會場布置得好美。」金魚草公主說。

「我ㄨㄛˇ有ㄧㄡˇ幫ㄅㄤ手ㄕㄡˇ。」木ㄇㄨˋ蘭ㄌㄢˊ花ㄏㄨㄚ公ㄍㄨㄥ主ㄓㄨˇ
說ㄕㄨㄛ：「粉ㄈㄣˇ紅ㄏㄨㄥˊ王ㄨㄤˊ子ㄗˇ。」

「誰ㄕㄟˊ？」金ㄐㄧㄣ魚ㄩˊ草ㄘㄠˇ公ㄍㄨㄥ主ㄓㄨˇ問ㄨㄣˋ。

木ㄇㄨˋ蘭ㄌㄢˊ花ㄏㄨㄚ公ㄍㄨㄥ主ㄓㄨˇ環ㄏㄨㄢˊ顧ㄍㄨˋ四ㄙˋ周ㄓㄡ。噴ㄆㄣ
嚏ㄊㄧˋ草ㄘㄠˇ公ㄍㄨㄥ主ㄓㄨˇ和ㄏㄢˋ達ㄉㄚˊ夫ㄈㄨ跳ㄊㄧㄠˋ著ㄓㄜ火ㄏㄨㄛˇ雞ㄐㄧ快ㄎㄨㄞˋ
步ㄅㄨˋ舞ㄨˇ。

蝴蝶蘭公主、藍鈴花公主和花兒公主跳著兔子舞，纈草王子跳著扭扭舞，就是不見粉紅王子的蹤影。

「奇怪了。」木蘭花公主說：「不知道他去哪了。我還沒好好的跟他道謝呢。」

木ᵐᵘˋ蘭ˡᵃⁿˊ花ʰᵘᵃ公ᵍᵒⁿᵍ主ᶻʰᵘˇ巡ˣᵘⁿˊ視ˢʰˋ舞ʷˇ會ʰᵘˋ現ˣⁱᵃⁿˋ場ᶜʰᵃⁿˊ，確ᵏᵘㄝˋ定ᵈⁱⁿ̀一ⁱ切ᵠⁱㄝˋ都ᵈᵒᵘ沒ᵐㄟˊ問ʷㄣˋ題ᵗⁱˊ。她ᵗᵃ檢ᴶⁱㄢˇ查ᶜʰᵃˊ了ˡㄜ裝ᶻʰᵘᵃⁿ飾ˢʰˋ品ᵖⁱㄣˇ、音ⁱㄣ樂ㄩㄝˋ、點ᵈⁱㄢˇ心ˣⁱㄣ。舞ʷˇ會ʰᵘˋ看ᵏㄢ來ˡㄞˊ辦ᵇㄢˋ得ᵈㄜˊ很ʰㄣˇ成ᶜʰㄥˊ功ᵍᵒⁿᵍ！

　　木ᵐᵘˋ蘭ˡᵃⁿˊ花ʰᵘᵃ公ᵍᵒⁿᵍ主ᶻʰᵘˇ把ᵇᵃˇ大ᵈᵃˋ碗ʷㄢˇ裡ˡⁱˇ的ᵈㄜ水ˢʰㄨㄟˇ果ᵍㄨㄛˇ酒ᴶⁱㄡˇ，舀ⁱㄠˇ進ᴶⁱㄣˋ一ⁱ個ᵍㄜˋ一ⁱ個ᵍㄜˋ杯ᵇㄟ子ᶻˇ裡ˡⁱˇ。這ᶻʰㄜˋ個ᵍㄜˋ時ˢʰˊ候ʰㄡˋ，她ᵗᵃ注ᶻʰㄨˋ意ⁱˋ到ᵈㄠˋ水ˢʰㄨㄟˇ果ᵍㄨㄛˇ酒ᴶⁱㄡˇ表ᵇⁱㄠˇ面ᵐⁱㄢˋ盪ᵈㄤˋ起ᵠⁱˇ了ˡㄜ漣ˡⁱㄢˊ漪ⁱ。從ᵗˢㄨㄥˊ遠ⁱㄩㄢˇ方ᶠㄤ傳ᶜʰㄨㄢˊ來ˡㄞˊ的ᵈㄜ巨ᴶㄩˋ大ᵈᵃˋ聲ˢʰㄥ響ˣⁱㄤˇ，把ᵇᵃˇ水ˢʰㄨㄟˇ果ᵍㄨㄛˇ酒ᴶⁱㄡˇ震ᶻʰㄣˋ出ᶜʰㄨ了ˡㄜ漣ˡⁱㄢˊ漪ⁱ。是ˢʰˋ因ⁱㄣ為ʷㄟˋ大ᵈᵃˋ家ᴶⁱㄚ舞ʷˇ步ᵇㄨˋ踩ᵗˢㄞˇ得ᵈㄜˊ太ᵗㄞˋ用ⁱㄥˋ力ˡⁱˋ？還ʰㄞˊ是ˢʰˋ因ⁱㄣ為ʷㄟˋ……

有ㄧㄡˇ人ㄖㄣˊ重ㄔㄨㄥˊ重ㄔㄨㄥˊ敲ㄑㄧㄠ著ㄓㄜ大ㄉㄚˋ門ㄇㄣˊ。

大門砰然敞開。是鴯鶓，站在那兒左顧右盼，左右兩側各有一隻眼神兇惡、巨大無比的鴕鳥。三隻鳥張大了嘴，發出威嚇聲。

61

第 七 章
展開大戰

　　這ㄓㄜˋ一ㄧ回ㄏㄨㄟˊ，木ㄇㄨˋ蘭ㄌㄢˊ花ㄏㄨㄚ公ㄍㄨㄥ主ㄓㄨˇ可ㄎㄜˇ是ㄕˋ準ㄓㄨㄣˇ備ㄅㄟˋ好ㄏㄠˇ了ㄌㄜ。她ㄊㄚ爬ㄆㄚˊ到ㄉㄠˋ放ㄈㄤˋ點ㄉㄧㄢˇ心ㄒㄧㄣ的ㄉㄜ桌ㄓㄨㄛ子ㄗ底ㄉㄧˇ下ㄒㄧㄚˋ。等ㄉㄥˇ她ㄊㄚ從ㄘㄨㄥˊ另ㄌㄧㄥˋ一ㄧ端ㄉㄨㄢ爬ㄆㄚˊ出ㄔㄨ來ㄌㄞˊ的ㄉㄜ時ㄕˊ候ㄏㄡˋ，已ㄧˇ經ㄐㄧㄥ不ㄅㄨˊ再ㄗㄞˋ是ㄕˋ木ㄇㄨˋ蘭ㄌㄢˊ花ㄏㄨㄚ公ㄍㄨㄥ主ㄓㄨˇ了ㄌㄜ。她ㄊㄚ是ㄕˋ黑ㄏㄟ衣ㄧ公ㄍㄨㄥ主ㄓㄨˇ！

「別想破壞舞會！」黑衣公主說。

「沒錯！」一群英雄齊聲說。

黑衣公主環顧四周，又驚又喜。她的英雄朋友擠滿了舞廳，而公主朋友全都離奇消失了。還有！粉紅王子也在場！他回來了！

鴯鶓氣勢洶洶的走向樂團。長長脖子上的頭，不停上下晃動。一、二。鴕鳥姊妹花緊跟在後，重重的步伐踩得地板嘎吱作響。三、四。三隻鳥一起拍動翅膀。五、六、七、八！

樂團的樂手，嚇得渾身發抖。音樂停下來了，舞廳陷入寂靜。鴯鶓發出威嚇聲，三趾腳丫重重頓地。

　　「她們想幹嘛啊？」粉紅王子滿心疑惑。

「嗯，我想到了了。」黑衣公主
說：「你有帶裝飾道具組嗎？」

粉紅王子點點頭說：「我懂
你的意思。我喜歡。」

他們聯手出擊，展開大改造。

閃亮珠寶！

晶亮唇彩！

我ㄨㄛˇ纏ㄔㄢˊ
我ㄨㄛˇ繞ㄖㄠˋ

金ㄐㄧㄣ粉ㄈㄣˇ加ㄐㄧㄚ持ㄔˊ
綻ㄓㄢˋ放ㄈㄤˋ新ㄒㄧㄣ面ㄇㄧㄢˋ貌ㄇㄠˋ！

等金粉散去，英雄全都驚呼連連。

壞脾氣的鳥，變身成時尚潮鳥。從來沒有人看過造型這麼時尚新潮的鳥。不過，她們的脾氣還是很壞。壞脾氣的不飛時尚鳥準備好開踢開踹了。

還是說，有可能——只是有可能啦——她們準備好展現另外那項長才。

第 八 章
綻放吧

　　粉红王子從皮套抽出一面小鏡子，讓三隻鳥看看自己改造後的模樣。

　　「綻放吧！」他大聲說。

鴕鳥姊妹花看得心花怒放。鴯鶓緊憋的嘴角，也慢慢放鬆上揚。可是下一秒，鴯鶓發出低沉粗啞的咕嚕聲，接著又來一聲咆哮，最後抬起孔武有力的左腿。

她㊀還㊁是㊂想㊃亂㊄踹㊅亂㊄踢㊆一㊇通㊈嗎㊉？英㊊雄㊋全㊌都㊍擺㊎好㊏架㊐式㊑，準㊒備㊓迎㊔戰㊕。

　　不㊖過㊗，要㊘是㊂黑㊙衣㊚公㊛主㊜猜㊝得㊞沒㊟錯㊠，他㊡們㊢根㊣本㊤沒㊟必㊥要㊦備㊓戰㊕。

　　黑㊙衣㊚公㊛主㊜小㊧心㊨翼㊩翼㊩的㊪朝㊫鴯㊬鶓㊭踏㊮出㊯一㊇步㊰。鴯㊬鶓㊭小㊧心㊨翼㊩翼㊩的㊪往㊱後㊲退㊳一㊇步㊰。

76

鴯ㄦㄦ鶓ㄇㄧㄠ向ㄒㄧㄤ前ㄑㄧㄢ跨ㄎㄨㄚ出ㄔㄨ一一大ㄉㄚ步ㄅㄨ。黑ㄏㄟ衣一
公ㄍㄨㄥ主ㄓㄨ往ㄨㄤ後ㄏㄡ退ㄊㄨㄟ了ㄌㄜ一一大ㄉㄚ步ㄅㄨ。

「這ㄓㄜˋ就ㄐㄧㄡˋ對ㄉㄨㄟˋ了ㄌㄜ˙！」粉ㄈㄣˇ紅ㄏㄨㄥˊ王ㄨㄤˊ子ㄗˇ說ㄕㄨㄛ。

　　粉ㄈㄣˇ紅ㄏㄨㄥˊ王ㄨㄤˊ子ㄗˇ加ㄐㄧㄚ入ㄖㄨˋ黑ㄏㄟ衣ㄧ公ㄍㄨㄥ主ㄓㄨˇ。英ㄧㄥ雄ㄒㄩㄥˊ團ㄊㄨㄢˊ前ㄑㄧㄢˊ進ㄐㄧㄣˋ，三ㄙㄢ隻ㄓ鳥ㄋㄧㄠˇ後ㄏㄡˋ退ㄊㄨㄟˋ。三ㄙㄢ隻ㄓ鳥ㄋㄧㄠˇ前ㄑㄧㄢˊ進ㄐㄧㄣˋ，英ㄧㄥ雄ㄒㄩㄥˊ團ㄊㄨㄢˊ後ㄏㄡˋ退ㄊㄨㄟˋ。

「等等……」搞定姊說：「她們……她們在跳舞嗎？」

「應該是。」黑衣公主說：「我們現在只缺……」

「音樂！」花女俠大喊。

79

樂手紛紛重拾樂器。接著，
大家使出全力，盡情舞動。

不飛狐步舞！

輕羽迴旋舞！

我轉我扭，

華麗大迴旋！

第九章
離別

　　時間很晚了。黑衣公主跳得臉頰紅通通,肚皮也笑到發痛。這場舞會辦得超成功。黑衣公主尋找粉紅王子,想要好好謝謝他。找著找著,看見粉紅王子正悄悄溜出大門。

黑衣公主跟在粉紅王子身後，走進寂靜夜色中。「你要走了嗎？」她問。

　　粉紅王子點點頭回答：「我的任務……完成了。」

84

「你_{ㄋㄧ}幫_{ㄅㄤ}了_{ㄌㄜ}大_{ㄉㄚ}忙_{ㄇㄤ}。」黑_{ㄏㄟ}衣_ㄧ公_{ㄍㄨㄥ}主_{ㄓㄨ}說_{ㄕㄨㄛ}：「要_{ㄧㄠ}是_ㄕ有_{ㄧㄡ}怪_{ㄍㄨㄞ}獸_{ㄕㄡ}在_{ㄗㄞ}你_{ㄋㄧ}的_{ㄉㄜ}王_{ㄨㄤ}國_{ㄍㄨㄛ}出_{ㄔㄨ}沒_{ㄇㄛ}，需_{ㄒㄩ}要_{ㄧㄠ}幫_{ㄅㄤ}手_{ㄕㄡ}打_{ㄉㄚ}怪_{ㄍㄨㄞ}的_{ㄉㄜ}話_{ㄏㄨㄚ}，我_{ㄨㄛ}隨_{ㄙㄨㄟ}傳_{ㄔㄨㄢ}隨_{ㄙㄨㄟ}到_{ㄉㄠ}。」

「我_{ㄨㄛ}會_{ㄏㄨㄟ}轉_{ㄓㄨㄢ}告_{ㄍㄠ}我_{ㄨㄛ}的_{ㄉㄜ}朋_{ㄆㄥ}友_{ㄧㄡ}纈_{ㄒㄧㄝ}草_{ㄘㄠ}王_{ㄨㄤ}子_ㄗ。」粉_{ㄈㄣ}紅_{ㄏㄨㄥ}王_{ㄨㄤ}子_ㄗ說_{ㄕㄨㄛ}：「打_{ㄉㄚ}怪_{ㄍㄨㄞ}通_{ㄊㄨㄥ}常_{ㄔㄤ}是_ㄕ由_{ㄧㄡ}他_{ㄊㄚ}負_{ㄈㄨ}責_{ㄗㄜ}的_{ㄉㄜ}。」

黑衣公主環顧四周。「纈草王子在哪裡？我也該好好謝謝他。」

　　粉紅王子從腰際解開一條緞帶。他拋出一端，套住向陽飛車頂端。

「我確定纈草王子很快就會回來。」粉紅衣王子說:「不過,以後如果需要派對英雄幫忙,粉紅王子一定為您效勞。」

他砸下一記金粉彈。

金粉散去，粉紅王子也消失了。

黑衣公主微笑著說：「我一定會轉告木蘭花公主，派對是由她負責的。」

關鍵詞

Keywords

單元設計｜**李貞慧**
（國立臺灣大學外國語文學系研究所碩士，現任國中英語老師）

❶ **ball** 舞會 名詞

Princess Snapdragon had asked Princess Magnolia to be in charge of the ball.

金草魚公主已經請木蘭花公主負責打點舞會。

*ball 除了有「球」的意思之外，還有「舞會」的意思喔！

❷ kick 踢 動詞

The emu kicked the garbage can.

那隻鴯鶓踢了垃圾桶。

❸ stomp 重踩，重踏 動詞

The emu lifted its foot and stomped.

那隻鴯鶓抬起腳，用力踩。

❹ ribbon 緞帶 [名詞]

The Prince in Pink pulled ribbons from his belt and scissors from his holster.

粉紅王子從腰帶抽出緞帶，從皮套裡抽出剪刀。

❺ crash （未經邀請）擅自闖入（派對等）[動詞]

The Flightless Bird Herd wouldn't just go to that ball. They would crash that ball.

不飛鳥聯盟不只要去舞會，更要硬闖進去。

➏ ripple 漣漪 名詞

She noticed ripples on the surface of the punch.

她注意到水果酒的表面盪起了漣漪。

➐ knock 敲 動詞

There was a heavy knock at the door.

有人重重敲著門。

＊knock 這個字也可以當動詞，在上面這個句子裡則是當名詞。

❽ ruin 破壞 （動詞）

You may not ruin
the ball.

你們不可以破壞
舞會。

❼ service 服務，效勞 （名詞）

If you need a party hero, the Prince in Pink is at
your service.

如果你需要派對
英雄幫忙，粉紅
王子隨時為你效
勞。

閱讀想一想
Think Again

❶ 為什麼纈草王子和粉紅王子沒有同時出現在舞會現場呢？

❷ 木蘭花公主原本要用來布置舞會的反光玻璃球碎裂了，粉紅王子幫木蘭花公主想到的補救方法是什麼呢？

❸ 鴯鶓和鴕鳥來舞會現場是為了來搞破壞的嗎？還是另有原因？

❹ 如果換成是你要舉辦舞會，你會怎麼布置舞會場地呢？發揮你的創造力想想看吧！

國家圖書館出版品預行編目(CIP)資料

公主出任務. 10, 粉紅王子/珊寧.海爾(Shannon Hale),
迪恩.海爾(Dean Hale)文；范雷韻(LeUyen Pham)圖；
黃聿君譯. -- 初版. -- 新北市：字畝文化創意有限公
司出版：遠足文化事業股份有限公司發行, 2023.09
　　面；　公分
譯自：The princess in black and the prince in pink
ISBN 978-626-7365-09-0(平裝)

874.596　　　　　　　　112013427

公主出任務10 ：粉紅王子
The Princess in Black and the Prince in Pink

作者｜珊寧・海爾 & 迪恩・海爾 Shannon Hale, Dean Hale
繪者｜范雷韻 LeUyen Pham　譯者｜黃聿君

字畝文化創意有限公司
社長兼總編輯｜馮季眉　責任編輯｜陳心方
美術設計｜吳孟寰

出　　　版｜字畝文化／遠足文化事業股份有限公司
發　　　行｜遠足文化事業股份有限公司（讀書共和國出版集團）
地　　　址｜231新北市新店區民權路108-2號9樓
電　　　話｜(02)2218-1417　傳　　真｜(02)8667-1065
客服信箱｜service@bookrep.com.tw　網路書店｜www.bookrep.com.tw
團體訂購請洽業務部 (02) 2218-1417 分機1124

法律顧問｜華洋法律事務所　蘇文生律師
印　　　製｜中原造像股份有限公司

2023年9月　初版一刷　2024年03月　初版三刷　定價｜ 300元
書號｜ XBSY0051　ISBN ｜ 978-626-7365-09-0 (平裝)

THE PRINCESS IN BLACK AND THE PRINCE IN PINK by Shannon Hale and Dean Hale
Text copyright © 2023 by Shannon and Dean Hale
Complex Chinese translation copyright © 2023 by WordField Publishing Ltd.,
a Division of WALKERS CULTURAL ENTERPRISE LTD.
Published by arrangement with Writers House, LLC through Bardon-Chinese Media Agency
ALL RIGHTS RESERVED
PRINCESS IN BLACK AND THE PRINCE IN PINK
Illustrations Copyright © 2023 by LeUyen Pham
Originally published by Candlewick Press
Published by arrangement with Pippin Properties, Inc. through Rights People, London.